我也會畫
紙娃娃

【 服裝、飾品、小物……百變造型由我決定！
和自己做的娃娃來場歡樂派對吧！ 】

Fun with paper dolls!

和紙娃娃們度過愉快的時光

誠摯邀請你共度一段愉快的時光！
找一天下課的午後，
或是天氣晴朗的假日，
準備簡單的工具和材料，
找一張大桌子，
跟著這本小書畫出可愛的娃娃吧！

參考書中的方法和步驟，
自由自在的畫、畫、畫……
希望你也能在創作的過程中，
找到屬於自己的快樂！

內容 contents

彩繪魔法123...

PART 1

自己畫的
紙娃娃最特別

Blouse

Bag

Dress

Shoes

Hat

Doll

Socks

Summer dress

Skirt

8

＊這本書裡示範的大多數衣服和配件，都是按照第32頁的女生紙娃娃人形量身畫出，每一件她都可以穿喔！

Wig
Bouquet
Present
Purse
Gown
Navy dress
Doggie
Sweater

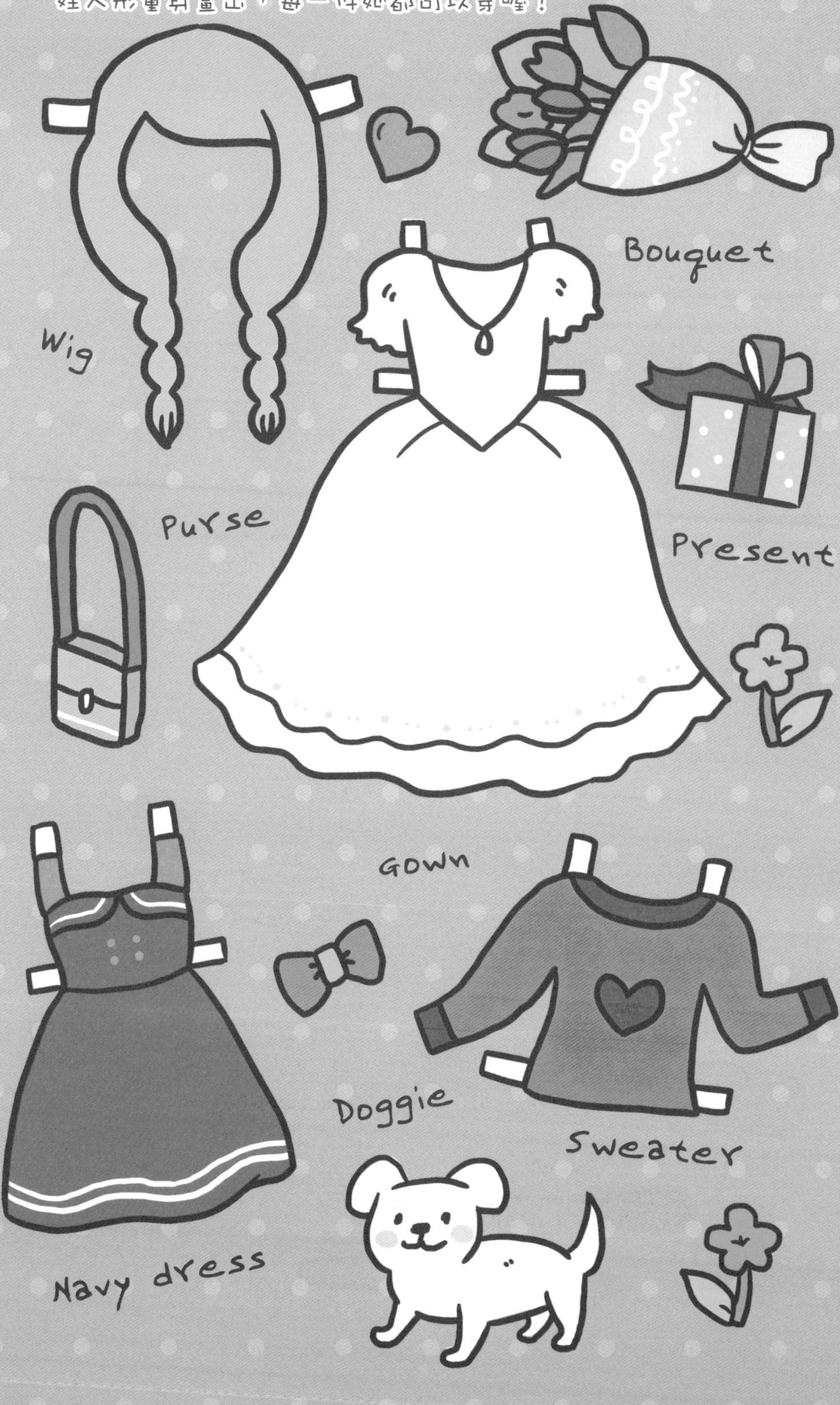

你需要準備的物品

要開始學畫紙娃娃囉！

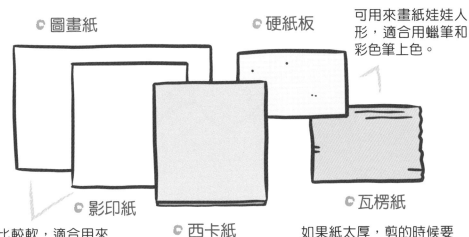

◎ 圖畫紙

◎ 硬紙板

可用來畫紙娃娃人形，適合用蠟筆和彩色筆上色。

◎ 影印紙

比較軟，適合用來畫紙娃娃的衣服。

◎ 西卡紙

可用來畫紙娃娃人形，有一點硬度，不過可以很容易用剪刀剪開。

◎ 瓦楞紙

如果紙太厚，剪的時候要請有力氣的大人幫忙，才能確保安全喔！

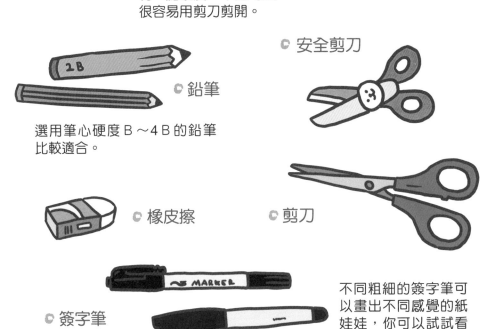

◎ 鉛筆

選用筆心硬度 B～4B 的鉛筆比較適合。

◎ 安全剪刀

◎ 橡皮擦

◎ 剪刀

◎ 簽字筆

不同粗細的簽字筆可以畫出不同感覺的紙娃娃，你可以試試看最喜歡哪一種喔！

◎ 彩色筆

◎ 蠟筆

◎ 水彩

◎ 調色盤

◎ 畫筆

◎ 洗筆用水桶

◎ 抹布

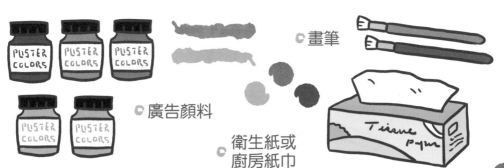

◎ 畫筆

◎ 廣告顏料

◎ 衛生紙或
廚房紙巾

紙材和準備工作

準備工作也不可馬虎喔！

◎ 紙材的取得方法

◎ 你可以在文具店買到西卡紙、圖畫紙等。

◎ 也可以在家裡找尋可利用的紙盒，例如：早餐麥片空盒、餅乾盒、包裹的箱子和快遞用的盒子。

◎ 使用紙盒時，必須把盒子拆開，這樣就可以在沒有圖案的那一面上畫畫了。

使用剪刀要注意……

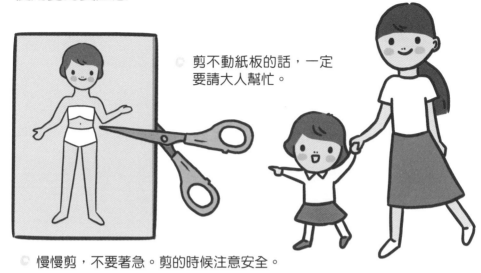

剪不動紙板的話，一定要請大人幫忙。

慢慢剪，不要著急。剪的時候注意安全。

上色前的準備……

使用水彩和廣告顏料時，可以先在桌子上鋪幾層舊報紙。

畫筆太溼時，可以在衛生紙或廚房紙巾上沾一下，吸掉多餘的水分。

水彩和廣告顏料不小心沾到家具時，要趕快用溼抹布擦拭乾淨。

顏料用過後要蓋緊蓋子，不然很容易就會乾掉喔！

表現不同風格的筆

各種筆都試著畫畫看！

◎ 鉛筆

鉛筆可以用來打草稿，畫錯的地方還能用橡皮擦修改。

◎ 簽字筆

確定的草稿再用簽字筆描線，可以讓輪廓更清楚。

簽字筆描完線條後，要用橡皮擦把草稿的鉛筆線擦掉，上色時才能保持顏色的乾淨。

粗線條 ▬▬▬ ◎ 彩色筆 ▬▬▬ 細線條

粗的彩色筆可以畫圓點的花紋

細的彩色筆可以畫線條的花紋

● 蠟筆

色彩鮮豔，可呈現比較
活潑的風格。

● 水彩

色彩柔和，表現出的風
格較清爽。

疊色法

● 廣告顏料

色彩飽和，適合將顏色
填滿。

● 疊色法

「疊色」就是讓顏色互相交疊，以呈現立體感和更豐富的層次。
在這本書的示範中，會運用簡單的疊色法來做花紋的效果。
用到疊色法時，最好使用不透明顏料，例如廣告顏料和蠟筆。

在藍色色
塊上，用
白色點上
小圓點。

換成深藍
色圓點疊
在淺藍色
色塊上。

在紅色色塊
上，用淺色
顏料畫出線
條花紋。

在紫色色塊
上，用不同
顏色畫出漸
層的裝飾。

色筆玩玩看！

○ 蠟筆上色

不同顏色可以混在一起畫出層次感。

蠟筆的筆觸比較粗，不過別擔心上色時會超出輪廓線，因為沿著輪廓線剪下紙娃娃或衣服時，超出的部分都會被剪掉啦！

愛怎麼畫就怎麼畫！

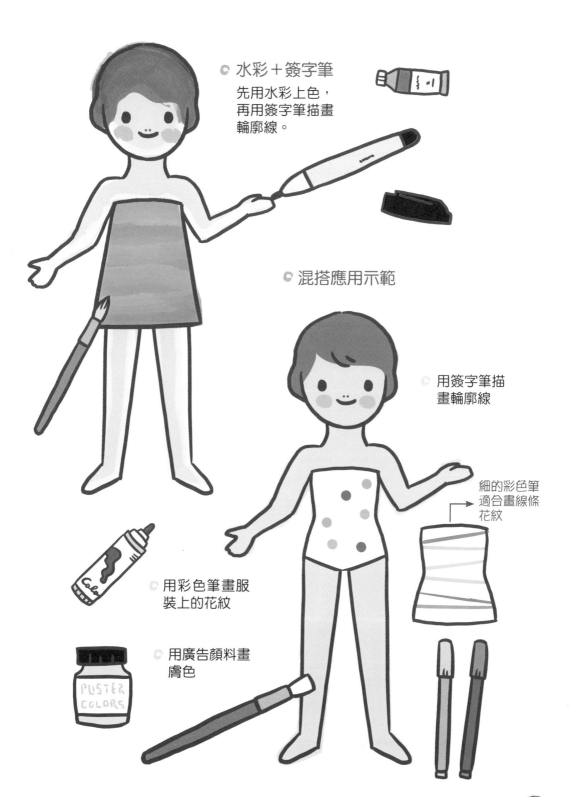

水彩＋簽字筆
先用水彩上色，
再用簽字筆描畫
輪廓線。

混搭應用示範

用簽字筆描
畫輪廓線

細的彩色筆
適合畫線條
花紋

用彩色筆畫服
裝上的花紋

用廣告顏料畫
膚色

PART 2

紙娃娃人形
這樣畫

5個步驟畫出外形

先用鉛筆畫出草稿吧！

◖ 鉛筆打稿步驟

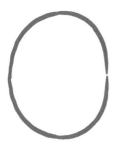

1. 畫一個橢圓形。

2. 橢圓形外面畫上頭髮，上方虛線的地方用橡皮擦擦掉。

3. 額頭的位置畫上瀏海，再用圓點畫出眼睛和鼻孔，最後畫上嘴巴。

◖ 表情的變化

開心大笑

難過失落

神采奕奕

滿足微笑

無可奈何

大吃一驚

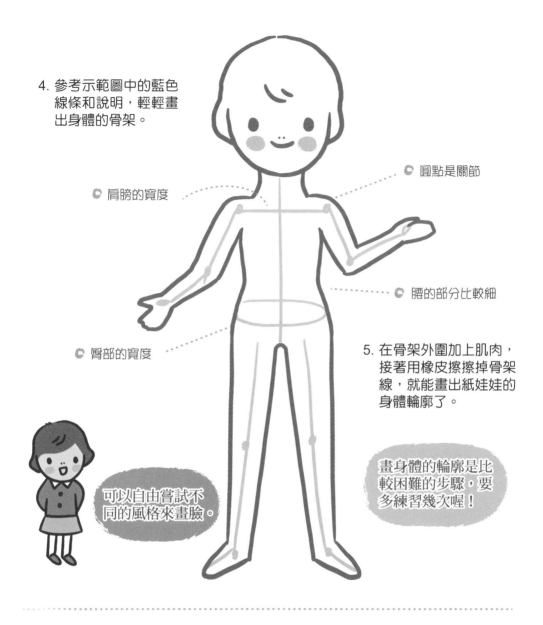

4. 參考示範圖中的藍色線條和說明，輕輕畫出身體的骨架。

圓點是關節

肩膀的寬度

腰的部分比較細

臀部的寬度

5. 在骨架外圍加上肌肉，接著用橡皮擦擦掉骨架線，就能畫出紙娃娃的身體輪廓了。

可以自由嘗試不同的風格來畫臉。

畫身體的輪廓是比較困難的步驟，要多練習幾次喔！

● 試試不同風格的臉

像逗點的眼睛　　　　八字眉　　　　冷豔的表情　　　　搞笑的臉

幫娃娃上色

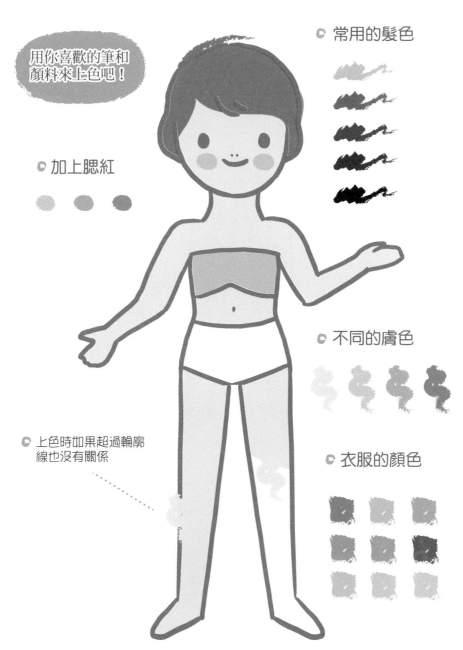

上完色就更
漂亮了喲！

用你喜歡的筆和
顏料來上色吧！

常用的髮色

加上腮紅

不同的膚色

上色時如果超過輪廓
線也沒有關係

衣服的顏色

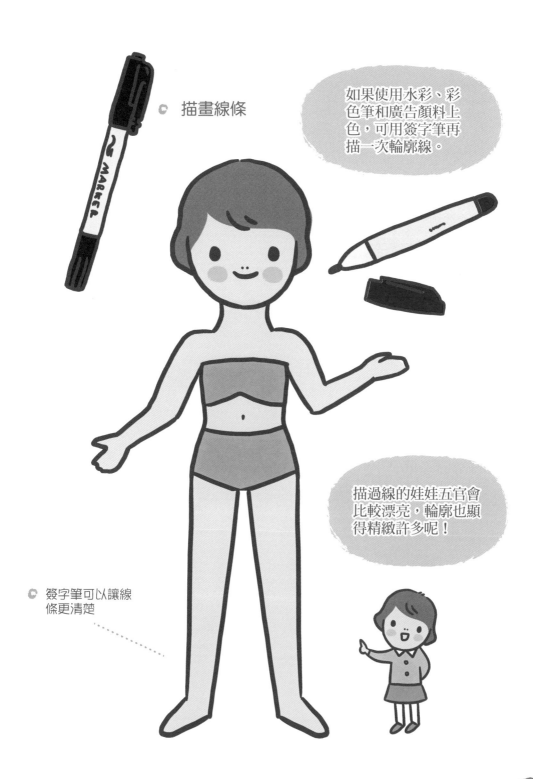

描畫線條

如果使用水彩、彩色筆和廣告顏料上色，可用簽字筆再描一次輪廓線。

描過線的娃娃五官會比較漂亮，輪廓也顯得精緻許多呢！

簽字筆可以讓線條更清楚

23

把畫好的人形剪下來

紙娃娃就要誕生啦!

◎ 剪下紙娃娃的技巧

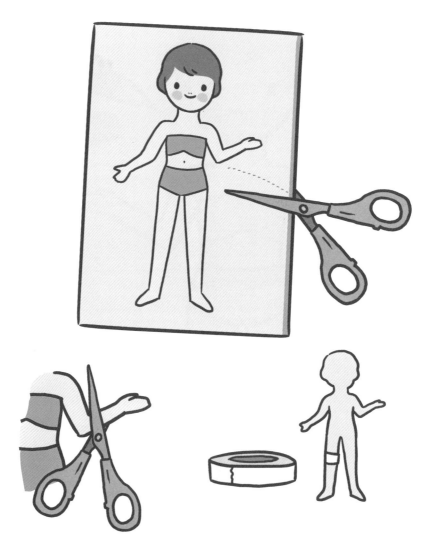

◎ 沿著輪廓線小心的慢慢剪。

◎ 不小心剪斷了比較細的地方也沒有關係,用透明膠帶黏起來就好了。

耶！你畫的紙娃娃是不是
超美的呢？

完成品！

還可以畫一個姊妹

多個姊妹陪伴
才不孤單！

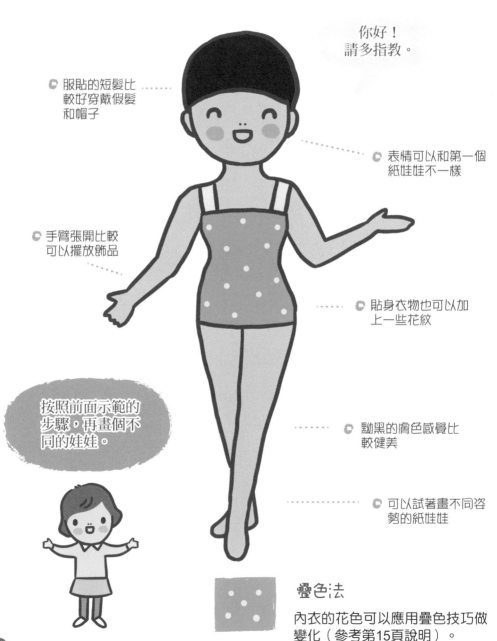

你好！
請多指教。

○ 服貼的短髮比
較好穿戴假髮
和帽子

○ 表情可以和第一個
紙娃娃不一樣

○ 手臂張開比較
可以擺放飾品

○ 貼身衣物也可以加
上一些花紋

按照前面示範的
步驟，再畫個不
同的娃娃。

○ 黝黑的膚色感覺比
較健美

○ 可以試著畫不同姿
勢的紙娃娃

疊色法
內衣的花色可以應用疊色技巧做
變化（參考第15頁說明）。

畫「好姊妹」的步驟

1. 畫一個橢圓形。

2. 橢圓形外面畫上頭髮，上方虛線的地方用橡皮擦擦掉。

3. 畫兩個耳朵。

4. 畫出瀏海線條、眼睛、鼻孔和嘴巴。

5. 輕輕畫出身體的骨架，並標出關節點。

6. 畫出肌肉輪廓，再用橡皮擦擦掉骨架線。

7. 畫出貼身的衣服。

8. 上色並畫出衣服花紋。

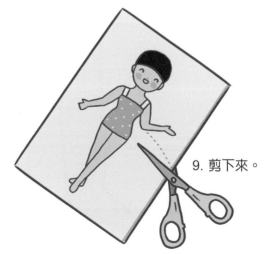

9. 剪下來。

再畫一個男朋友

朋友多一點，熱鬧又好玩！

試試看畫男生有什麼不同。

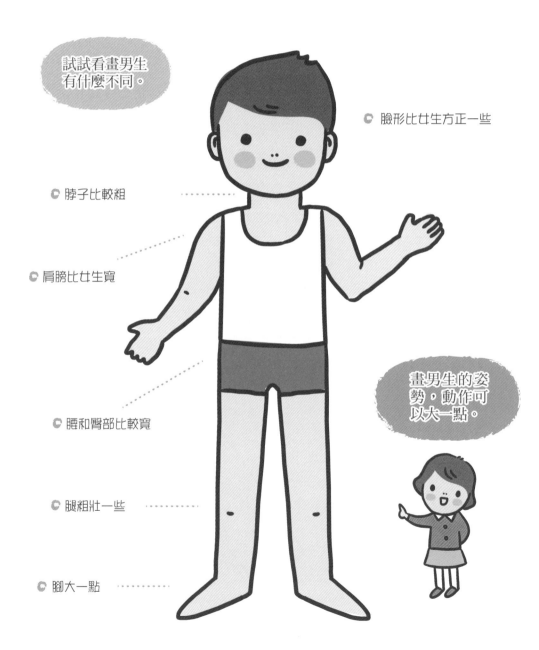

臉形比女生方正一些

脖子比較粗

肩膀比女生寬

腰和臀部比較寬

腿粗壯一些

腳大一點

畫男生的姿勢，動作可以大一點。

畫「男朋友」的步驟

1. 畫個方一點的橢圓形。

2. 橢圓形外面畫上頭髮，上方虛線的地方用橡皮擦擦掉。

3. 畫兩個耳朵。

4. 畫出瀏海、眼睛、鼻孔和嘴巴。

5. 輕輕畫出骨架，並點出關節點。

6. 畫出肌肉輪廓，骨架線再用橡皮擦擦掉。

7. 畫出貼身的衣服。

8. 上色。

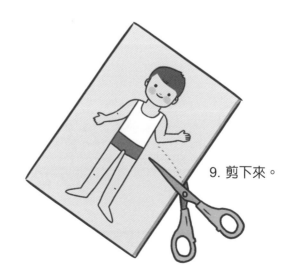

9. 剪下來。

多畫兩隻寵物

◎ 畫狗狗

汪！

◎ 耳朵胖胖的

◎ 鼻子圓圓的

◎ 尾巴豎起來

畫狗狗的步驟

1. 畫一個有圓弧的方形，
   底部不畫。

2. 上面加上耳朵。

3. 畫出眼睛、鼻子
   和嘴巴。

4. 頭的下面再畫一個橢
   圓形，並且描出腳和
   尾巴的位置。

5. 畫出身體和腳
   的輪廓。

6. 擦掉藍線的部分
   並上色。

○ 畫貓咪

喵～～

○ 耳朵尖尖的

○ 尾巴長長的

○ 腳都小小的

你喜歡貓咪還是
狗狗呢？

畫貓咪的步驟

1. 畫一個圓形。

2. 上面加上耳朵。

3. 畫出眼睛、鼻子
和嘴巴。

4. 頭下面畫一個橢圓
形，最下方畫四個小
圓形，再描出腳和尾
巴的位置。

5. 畫出身體和腳
的輪廓。

6. 擦掉藍線的部分
並上色。

31

我的紙娃娃登場囉！

快來展示成果吧！

○ 讓紙娃娃拿東西

方法一
將拇指和四指間剪開（藍色線部分），就可以把物品卡在手中。

方法二
在手掌中間切開一個縫（藍色線部分），就可以將物品插入。

來辦一場綠色派對！

畫捲髮男生的臉

1. 畫個方一點的橢圓形。

2. 橢圓形外面畫上頭髮，上方虛線的地方用橡皮擦擦掉。

3. 畫兩個耳朵。

4. 畫出瀏海、眼睛、鼻子和嘴巴。

PART 3

打扮紙娃娃的家居服

衣服版型的畫法

要幫娃娃畫衣服了耶！

◎ 先描畫輪廓線

畫衣服之前，先把剪好的紙娃娃放在乾淨的紙上，再用鉛筆描邊。

輕輕描畫就好，畫的時候盡量靠著紙娃娃邊緣，形狀不要差太多。

畫衣服可以選用比較軟的紙。

◎ 描好之後留下的人形

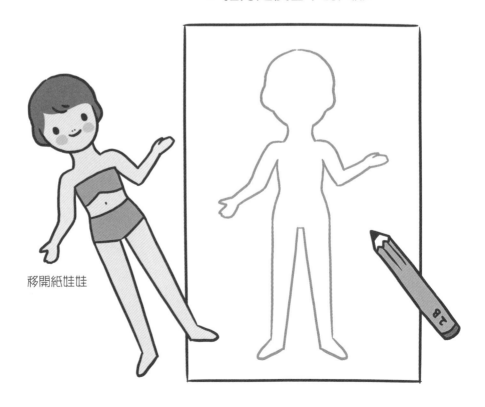

移開紙娃娃

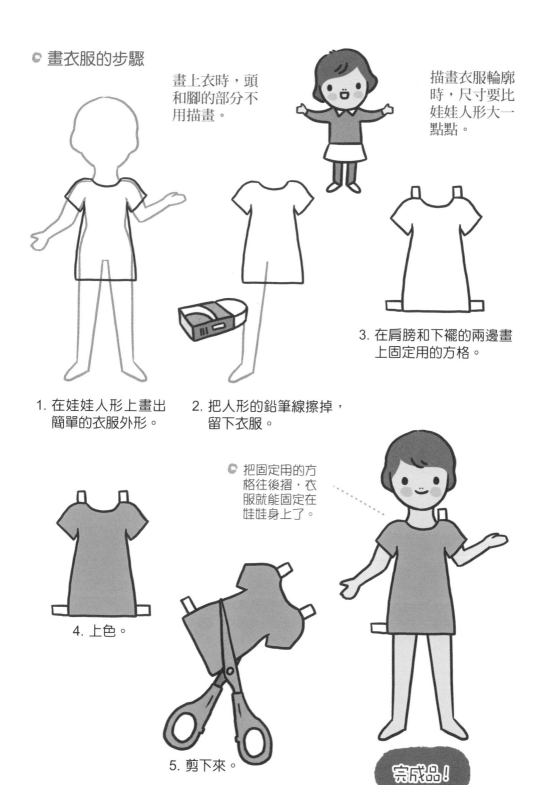

畫衣服的步驟

畫上衣時，頭和腳的部分不用描畫。

描畫衣服輪廓時，尺寸要比娃娃人形大一點點。

3. 在肩膀和下襬的兩邊畫上固定用的方格。

1. 在娃娃人形上畫出簡單的衣服外形。

2. 把人形的鉛筆線擦掉，留下衣服。

把固定用的方格往後摺，衣服就能固定在娃娃身上了。

4. 上色。

5. 剪下來。

完成品！

家居服・休閒服①

一定要有的
舒服衣著。

◎ 春、夏家居服　按照上一頁的步驟，就能完
成一件簡單的上衣版型。

1. 在娃娃人形上畫出
　 簡單的衣服外形。

2. 把人形的鉛筆線擦
　 掉，留下衣服。

3. 在肩膀和下襬的兩邊
　 畫上固定用的方格。

裝飾這件衣服 ∙∙∙∙∙∙∙∙∙∙∙∙∙∙∙∙∙∙∙∙∙∙∙∙∙∙∙∙∙∙∙

試著畫朵花兒並上色。

畫上春天的小花。

上色。

◎ 春、夏休閒裙

2. 把人形的鉛筆線擦
　 掉，留下裙子。

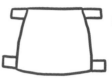

3. 在裙子腰部和下襬
　 的兩邊畫上固定用
　 的方格。

1. 在娃娃人形上畫出
　 簡單的裙子外形。

完成囉！

裝飾這件裙子

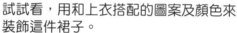

試試看，用和上衣搭配的圖案及顏色來
裝飾這件裙子。

可以用疊色
法畫上淺色
圖案。

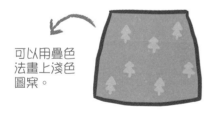

◎ 可以裝飾衣服的小花圖案

家居服・休閒服②

服裝也要分季節喔！

○ 秋、冬家居服　畫天氣轉冷時穿的長袖上衣。

1. 在娃娃人形上畫出長袖上衣外形。

2. 把人形的鉛筆線擦掉，留下衣服。

3. 畫出領口和袖口。

4. 裝飾愛心圖案，在肩膀和下襬的兩邊畫上固定用的方格。

配色比一比

用對比色的紅和綠上色，有節慶的感覺。

用相近色的紅和粉紅上色，有柔和的感覺。

秋、冬毛料長裙 畫天氣轉冷時穿的長裙。

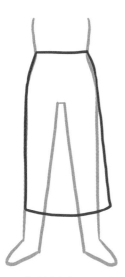

1. 在娃娃人形上畫出長裙外形。

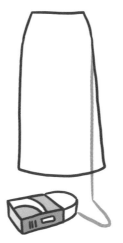

2. 把人形的鉛筆線擦掉，留下長裙。

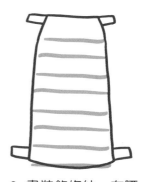

3. 畫裝飾條紋，在腰部和下襬的兩邊畫上固定用的方格。

配色不同，風格不同。

用對比色的黃和藍上色，感覺比較活潑。

用相近色的黃和橙上色，感覺比較溫暖。

浴袍與睡衣

晚安！
一夜好夢。

○ 浴袍　　畫一件溫暖100%的浴袍。

1. 在娃娃人形上畫出長袖上衣＋長裙的外形。

2. 畫領子、腰帶、袖口和下襬的線條。

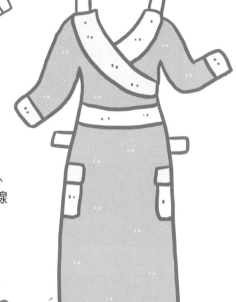

5. 上色。

3. 畫出口袋，在肩膀和兩側畫上固定用的方格。

4. 加上點點增加質感。

用疊色法畫上淺色的點，可以製造毛巾布的質感。

◎ 成套睡衣

◎ 睡衣

1. 在娃娃人形上畫出長袖上衣，肩膀也畫上固定用的方格。

2. 塗上底色。

3. 用比底色更淺（左）或更深（右）的顏色畫出花紋，疊在底色上。

記得使用疊色法喔！

◎ 睡褲

  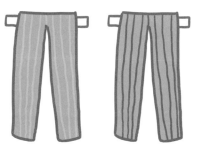

1. 在娃娃人形上畫出長褲，腰部也畫上固定用的方格。

2. 塗上底色。

3. 用比底色更淺（左）或更深（右）的顏色畫出條紋，疊在底色上。

各種款式的帽子

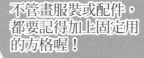
再來練習
畫帽子！

○ 畫一頂毛線帽

不管畫服裝或配件，
都要記得加上固定用
的方格喔！

1. 沿著娃娃人形的
   頭部輪廓，畫出
   可以包住頭頂的
   帽子外形。

2. 畫帽子上方的毛
   球和裝飾線條，
   兩邊加上固定用
   方格。

3. 上色。

畫好後剪下來，
就可以讓紙娃娃
戴上帽子囉！

◎ 畫遮陽帽

1. 先畫帽子上半部。
2. 下面畫出圓弧形的帽沿。
3. 畫蝴蝶結裝飾和兩邊的固定用方格。
4. 上色。

◎ 畫牛仔帽

1. 先畫山形的帽子上半部。
2. 下面畫出曲線的帽沿。
3. 畫摺痕和兩邊的固定用方格。
4. 上色。

◎ 畫棒球帽

1. 先畫帽子上半部。
2. 往下畫出正面的鴨舌部分。
3. 畫線條和兩邊的固定用方格。
4. 上色並畫裝飾圖案。

◎ 畫小花帽

1. 先畫帽子上半部。
2. 下面畫出荷葉邊帽沿。
3. 畫小碎花草稿和兩邊的固定用方格。
4. 上色並用疊色法畫出小碎花。

變幻心情的髮型

想換換髮型也沒問題!

1. 沿著娃娃人形的頭部輪廓,畫出可以包住頭頂的帽形。

2. 往下畫出長髮髮型。

注意!畫出的髮型一定要能蓋住原本的頭髮。

3. 加上兩邊的固定用方格並上色。

換了這款新髮型,變得更成熟了呢!

浪漫長髮辮

1. 沿著娃娃人形的頭部輪廓，畫出可以包住頭頂的帽形。

2. 往下畫出兩條辮子和兩邊的固定用方格。

3. 上色。

甜美的浪漫

可愛丸子髮髻

1. 沿著娃娃人形的頭部輪廓，畫出可以包住頭頂的帽形。

2. 畫出髮髻和兩邊的固定用方格。

3. 上色。

丸子髮髻看起來比較年輕！

公主風長捲髮

1. 沿著娃娃人形的頭部輪廓，畫出可以包住頭頂的帽形。

2. 往下畫出波浪捲髮和兩邊的固定用方格。

3. 上色。

髮色可以特別一點喔！

打扮紙娃娃的
外出服

可愛的上學制服

● 夏季制服

● 襯衫

1. 描畫短袖上衣　　2. 畫領子和領結。
　　外形。

3. 畫固定用方格　　4. 上色。
　　和鈕釦。

● 百褶裙

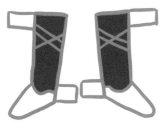

1. 描畫短裙　　2. 畫固定用方格，　　3. 上底色後用
　　外形。　　　　再用鉛筆描畫褶　　　疊色法畫出
　　　　　　　　裙線條。　　　　　　線條。

● 鞋子

1. 描畫包住腳和　　2. 畫上區隔鞋　　3. 畫固定用方格，　　4. 上底色後用疊
　　小腿的外形。　　　子和襪子的　　　再用鉛筆描畫襪　　　色法畫出襪子
　　　　　　　　　曲線。　　　　　　子的花紋。　　　　的花紋。

冬季制服

毛料連身裙

1. 描畫連身裙外形。

2. 畫固定用方格，再用鉛筆描畫領子、袖口和校徽。

3. 上色。

毛料真暖和。

皮鞋

1. 描畫包住腳和小腿的外形。

2. 畫上區隔鞋子和襪子的曲線。

3. 畫出皮鞋樣式。

4. 上色。

樣式多變的鞋子

不同場合要穿不同的鞋！

◐ 畫休閒布鞋

襪子和鞋子畫在一起會比較好穿喔！

襪子可以加圖案裝飾

交叉的鞋帶

有厚度的鞋底

剪下時，襪子和鞋子不可分開喲！

◐ 畫休閒布鞋的步驟

1. 描畫包住腳的高筒鞋外形。

2. 畫上包住小腿的襪子。

3. 畫鞋面上的鞋帶、裝飾和鞋底。

4. 畫固定用方格，再用鉛筆描畫襪子的花紋。

5. 上色。

雪靴

1. 描畫包住腳的靴子外形。

2. 畫上絨毛滾邊。

3. 畫固定用方格，再用鉛筆描畫絨毛。

4. 上色。

低跟鞋

1. 描畫包住腳的低跟鞋外形。

2. 畫花邊襪。

3. 畫固定用方格，再用鉛筆描畫花邊圖案。

4. 上色後用疊色法畫上花邊圖案。

長靴

1. 描畫包住腳的鞋子外形。

2. 向上加高，畫出靴子外形。

 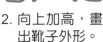

3. 畫固定用方格，再用鉛筆描畫摺痕。

4. 上色後用疊色法畫出摺痕。

運動鞋

1. 描畫包住腳的鞋子外形。

2. 畫上包住小腿的襪子。

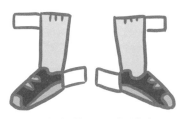

3. 畫出運動鞋細節。

4. 畫固定用方格，再用鉛筆描畫襪子束口。

5. 上色後用疊色法畫出襪子束口。

出遊穿的輕便休閒服

◎ 牛仔布吊帶裙

可以用虛線表示牛仔布上的縫線。

1. 描畫連身裙外形。

2. 加上吊帶區分上衣和裙子。

3. 畫口袋。

4. 畫固定用方格，再用鉛筆描畫縫線。

5. 上色後用疊色法畫出口袋和縫線。

◎ 休閒布鞋

1. 描畫包住腳的鞋子外形。

2. 畫出鞋子的版型。

3. 畫固定用方格，再用鉛筆描畫鞋面。

4. 上色。

雲朵休閒服

1. 描畫短袖上衣連著短褲的外形。

2. 畫出領子和區分上衣、短褲的線條。

3. 畫一朵雲。

4. 畫固定用方格，再用鉛筆描畫短褲口袋和下襬縫線。

兩件式的上衣和短褲，也可以用連身衣的方式來畫喔！

5. 上色後用疊色法畫出口袋和下襬縫線。

剪下包包時，要把黃色部分挖空剪掉，才能讓紙娃娃的手穿過提帶拿著。

牛仔小包包

1. 畫長方形。

2. 上面畫提帶。

3. 用鉛筆描畫縫線。

4. 上色後用疊色法畫出縫線。

穿得美美去旅行

秋、冬出遊這樣穿！

◎ 秋天的休閒服

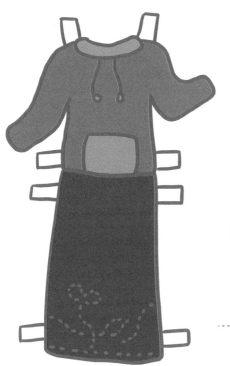

◎ 連帽 T 恤

1. 先畫領子。

2. 描畫長袖上衣外形。

3. 畫固定用方格，再用鉛筆描畫鬆緊繩、口袋。

4. 上色後用疊色法畫出鬆緊繩、口袋。

這套衣服可以搭配第53頁的雪靴。

◎ 毛海長裙

1. 描畫長裙的外形。

2. 畫固定用方格，再用鉛筆描畫刺繡圖案。

3. 上色後用疊色法畫上刺繡圖案。

長褲搭雪靴

1. 描畫長褲外形到
   小腿處。

2. 畫一圈雪靴的絨毛。

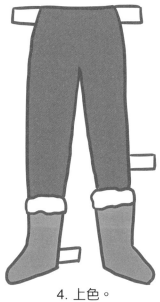

3. 畫固定用方格，
   描畫靴子外形。

4. 上色。

毛衣外套

1. 描畫長袖上衣外形。

2. 畫領口、袖口和下襬滾
   邊以及愛心圖案。

3. 畫固定用方格，加上
   滾邊條紋和口袋。

4. 上色。

踏青、登山帥氣穿

◎ 運動服

1. 描畫長袖上
   衣外形。

2. 往下畫長褲外
   形到小腿處。

3. 畫出鞋子。

4. 畫固定用方格
   和裝飾線條。

5. 上色。

登山的穿著必須
輕便又保暖。

○ 專業的登山服

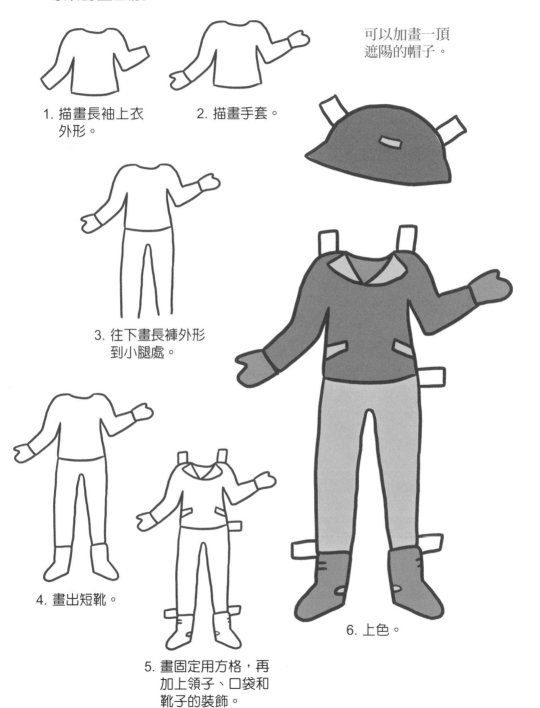

1. 描畫長袖上衣
外形。

2. 描畫手套。

可以加畫一頂
遮陽的帽子。

3. 往下畫長褲外形
到小腿處。

4. 畫出短靴。

5. 畫固定用方格，再
加上領子、口袋和
靴子的裝飾。

6. 上色。

繽紛泳裝亮麗穿

泳裝造型
變化多多！

○ 連身泳裝

1. 照著紙娃娃的內衣描畫上半部。

2. 向下描畫出連身泳裝外形。

3. 畫固定用方格和橫線條紋。

4. 上色。

○ 兩件式泳裝

1. 描畫無袖連身裙外形。

2. 腰部畫成露肚裝，加上肚臍。

3. 畫固定用方格。

4. 上色。

圓點比基尼

1. 描畫有綁繩的短背心外形。

2. 描畫高腰短褲外形。

3. 畫固定用方格，再用鉛筆描畫圓點。

4. 上色後用疊色法加上桃紅圓點。

熱帶泳裝

1. 描畫露肩洋裝外形。

2. 下襬畫波浪形荷葉邊。

3. 畫固定用方格，再用鉛筆描畫熱帶風花紋。

4. 上色。

比基尼罩衫

1. 描畫長袖罩衫外形。

2. 裡面畫比基尼。

3. 畫固定用方格，再描畫較淡的比基尼線條。

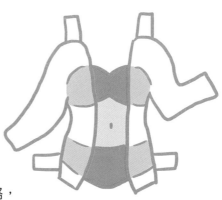

4. 上色。

逛街的時尚穿搭

開心 Go shopping！

○ 時髦裙裝

1. 描畫短袖短
上衣外形。

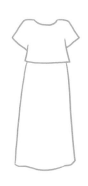

2. 往下畫出長
裙外形。

3. 畫休閒鞋外形。

4. 長裙上畫
直線條。

5. 畫固定用方格，短
衫上寫英文字。

dolly

6. 上色。

鞋子也可以分開畫或是
畫成不同樣式。

牛角釦外套搭緊身褲

1. 描畫長袖外
   套外形。

2. 外套下描畫
   褲管外形。

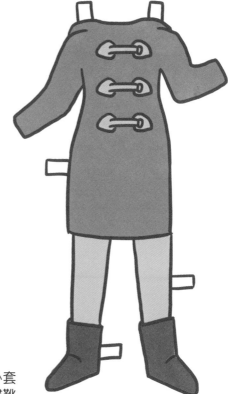

3. 褲管下畫短雪
   靴外形。

4. 畫固定用方格,外套
   上加牛角釦,並畫靴
   子摺痕。

5. 上色。

冰淇淋背心與星星短褲

1. 描畫寬鬆的無
   袖上衣外形。

2. 往下描畫短
   褲外形。

3. 畫固定用方格,再
   用鉛筆描畫冰淇淋
   和星星圖案。

4. 上色後用疊色法畫
   出星星圖案。

甜蜜蜜約會裝

好期待的
浪漫約會！

○ 蕾絲洋裝

1. 畫兩條寬吊帶。
   可用不規則線條
   表現蕾絲外形。

2. 畫吊帶中間的
   連接線條。

3. 向下描畫短裙外
   形，下襬畫成波
   浪狀。

4. 畫固定用方格，
   再用鉛筆描畫蕾
   絲花邊的線條。

5. 上色後用疊色法
   畫出蕾絲花邊的
   線條。

○ 蝴蝶結提包

1. 畫一個長方形。

2. 畫小圓形串
   成的提把。

3. 加上蝴蝶結。

4. 上色。

剪下時，黃
色部分要挖
空剪掉。

○ 蕾絲包鞋

1. 描畫鞋子外形。

2. 畫固定用方格，再
   畫上蕾絲裝飾。

3. 上色。

◦ 毛毛長大衣

1. 描畫長袖外套，
   線條要有蓬蓬的
   感覺。

2. 畫出外套內的
   長版上衣。

3. 向下描畫緊身
   褲外形。

4. 描畫鞋子外形。

6. 上色後用疊色法畫出
   外套的紋路和褲子的
   圓點。

5. 畫固定用方格，
   再用鉛筆描畫外
   套上的紋路和褲
   子的圓點。

約會當然要
穿得浪漫一
點囉！

◦ 格紋提包

1. 畫一個方形。

2. 加上提把。

3. 畫上花邊。

4. 上色。

剪下時，黃色部
分要挖空剪掉。

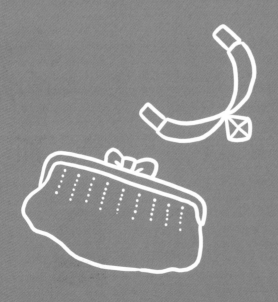

PART 5

打扮紙娃娃的
宴會裝

參加舞會的公主裝

 華麗蓬蓬裙

1. 畫大翻領外形。

2. 往下延伸描畫
上衣外形。

3. 描畫腰下的上半
部裙子線條。

4. 畫出兩側的裝
飾緞帶。

5. 畫出蓬蓬裙的
完整外形。

6. 上衣及裙襬加
上裝飾線條。

7. 畫固定用方格。

68

蓬蓬裙禮服的顏色和花樣可以自由搭配喲！

8. 上色後用疊色法畫裙襬的波浪線條和圓點。

● 華麗皇冠

1. 以額頭為基準，描畫皇冠下緣的曲線。

2. 向上畫兩個圓弧的山形。

3. 再畫一個尖尖的山形。

4. 中間畫一顆大寶石，兩側畫小寶石。

5. 畫固定用方格，再加一些表示小碎鑽的點。

6. 上色。

舞會男伴的禮服

和舞伴盡情
旋轉吧！

○ 西裝

1. 描畫長袖外套上
   半部。

2. 描畫外套兩邊，下
   襬畫成倒∨形。

3. 畫出領子。

4. 描畫長褲外形。

5. 描畫鞋子外形。

6. 領口畫一個領結。

＊第32頁和33頁的男朋友，都可以穿這套西裝喔！

7. 畫上釦子，袖口畫線
   區分外套和襯衫。

8. 用鉛筆描畫西裝外套的
   翻領、皮鞋的縫線，並
   加上固定用方格。

最喜歡收到花束
和跳舞了。

9. 上色後用疊色法畫翻領、下擺和
   皮鞋縫線。

高雅的旗袍晚宴裝

● 晚宴旗袍

1. 沿著脖子描畫旗袍領。

2. 往下延伸描畫袖子。

3. 描畫有腰身的長裙。

4. 畫出下襬。

旗袍是最有東方美感的服飾。

5. 畫旗袍的開襟。

6. 加上盤釦。

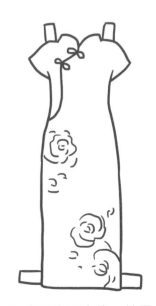

7. 畫固定用方格，並用鉛筆描畫花卉圖案。

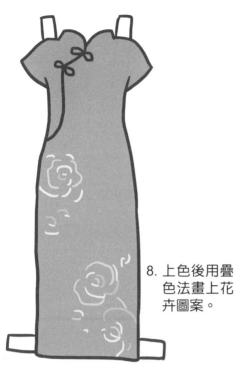

繡花鞋

1. 描畫鞋子外形。

2. 加固定用方格，用鉛筆
　描畫鞋面繡花圖案。

3. 上色後用疊色法畫出
　繡花圖案。

8. 上色後用疊
　色法畫上花
　卉圖案。

優雅披肩

1. 沿著脖子描畫
　和旗袍一樣的
　領子。

2. 往下延伸描畫半
　邊披肩的外形。

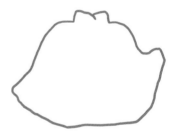

3. 描畫完整的披肩
　外形。

4. 加上固定用方格，
　用鉛筆描畫表現毛
　毛質感的線條。

5. 上色後用疊色法畫上
　毛毛線條。

宴會包包和飾品

可以讓造型加分的配飾。

○ 亮鑽晚宴包

1. 畫晚宴包開口框。

2. 畫出晚宴包的下半部。

3. 上面加蝴蝶結絆扣。

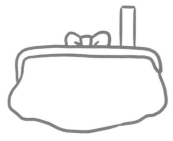

4. 加上固定用方格。

5. 上色後用疊色法畫上亮鑽圖案。

固定用方格的用法可參考「第32頁 ──「方法二」。

先將固定用方格插進手掌開縫，再往後折就可以固定了。

○ 鑽石項鍊

1. 畫一個很像領子的外形。

2. 中間畫菱形鑽石。

3. 畫上固定用方格。

4. 上色並描畫鑽石上的切面。

珠寶項鍊

1. 畫一個很像領子的外形。

2. 中間畫水滴形寶石。

3. 畫上固定用方格，寶石中間畫一顆小鑽。

4. 上色。

翡翠項鍊

1. 畫一條弧線加圓形。

2. 線條加上厚度。

3. 畫上固定用方格，圓形中再畫一個小圓。

4. 上色。

繡花手帕

1. 畫手帕曲線。

2. 下面畫出尖尖的一角。

3. 畫固定用方格和滾邊裝飾線條。

4. 上色後用疊色法畫上繡花圖案。

紙娃娃拿手帕

參考「第32頁 ─ 方法一」
將固定用方格卡入拇指和手掌間的切口，再往後折。

參考「第32頁 ─ 方法二」
將固定用方格插進手掌開縫，再往後折。

日式慶典櫻花和服

穿著和服賞花去！

⊙ 櫻花和服

1. 描畫一邊的袖子線條。

2. 交錯畫出另一邊袖子線條。

3. 領子下面畫出腰帶線條。

4. 畫寬版的腰帶。

5. 腰帶下描畫直筒狀長裙。

6. 畫出寬大的袖子。

7. 畫領子的裝飾線條。

8. 腰帶中間畫兩個小結。

9. 小結兩邊畫延伸繫帶。

10. 加上固定用方格以及
　　櫻花圖案。

 日本的和服完全不
會用到釦子喔！

11. 上色。

和服的必備配件

和服還有哪些配件呢？

● 木屐

1. 描畫短襪外形。

2. 底部畫出厚度。

3. 下面加上木鞋跟。

4. 畫出人字形鞋帶。

5. 加上固定用方格，鞋帶加粗。

木屐可以搭配第77頁的櫻花和服！

6. 上色。

● 棉花糖

1. 畫雲朵的形狀。　2. 加上木柄。　3. 用鉛筆描畫表現蓬鬆感的線條。　4. 上色後用疊色法畫出表現蓬鬆感的線條。

◐ 扇子

1. 畫出扇面的形狀。　　　2. 加上握柄。　　　3. 畫區分扇面和骨架
　　　　　　　　　　　　　　　　　　　　　　　　的弧形。

4. 畫放射狀線條　　　5. 用鉛筆描畫煙火　　　6. 上色後用疊色法
　　的骨架。　　　　　　圖案。　　　　　　　　畫出煙火圖案。

◐ 仙女棒

1. 畫星星形狀。

2. 加上長棍子。　3. 上色。

可以多畫幾
支喲～～

夜空下的的仙女棒
好漂亮啊!

宮廷風格格裝

◎ 格格裝

1. 先畫圍在領子上的白絹。

2. 白絹往下延伸。

4. 描畫長袍外形。

3. 描畫袖子和內裡。

5. 描畫花盆底的鞋子外形。

6. 畫領子、袖子、下襬的裝飾條紋和鞋面的圖案。

圍在領口的白絹上也要畫圖案點綴。

7. 畫固定用方格，再用鉛筆描畫花卉圖案。

8. 上色後用疊色法畫出花卉圖案。

● 大拉翅

「大拉翅」就是指這種古代宮廷頭飾。

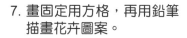

1. 畫出大拉翅的外形。

2. 中間畫花朵和珠寶圖案。

3. 左右也加上裝飾圖案。

4. 畫固定用方格以及長絲穗。

5. 上色。

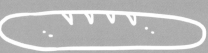

PART 6

紙娃娃的
夢幻雜貨鋪

美妝用品和玩偶

房間裡的心愛用品。

○ 美妝手鏡

1. 畫一個橢圓。

2. 空一點距離畫把手外形。

3. 把手上畫捲曲圖案。

4. 橢圓上面畫扇貝圖案。

5. 捲曲圖案往上延伸。

6. 用一圈花紋把鏡子圍住，把手下方加貝殼紋。

7. 用鉛筆描畫鏡面反光線條和把手花樣。

8. 上色後用疊色法再畫一次鏡面反光線條和把手花樣。

○ 彩色指甲油

1. 畫一個小橢圓。

2. 往下畫出圓柱體。

3. 下面畫出瓶身。

4. 畫瓶子裡的小刷子。

5. 上色。

◐ 噴霧香水瓶

1. 畫瓶身的結構。

2. 畫出鑽石形的瓶身。

3. 上面畫瓶口。

4. 畫出噴頭。

5. 加上按壓氣囊。

6. 用鉛筆描畫瓶身線條。

7. 用鉛筆描畫氣囊上的圓點。

8. 上色後用疊色法再畫一次線條和圓點。

◐ 小熊布偶

1. 畫圓形。

2. 畫臉。

3. 加耳朵。

4. 畫上身體。

5. 加上腳。

6. 畫上兩隻手。

7. 用鉛筆描畫縫線。

8. 上色後用疊色法再畫一次縫線。

上學文具和用品

○ 筆記本

1. 畫長方形。

2. 加上表現厚度的線條。

3. 用鉛筆描畫文字。

4. 上色後用疊色法再寫一次文字。

○ 蕾絲邊便當袋

1. 畫袋子的外形。

2. 畫提帶。要畫出轉折的樣子。

3. 畫另一面的提帶。

黃色部分請挖空剪下。

4. 畫側面的小標籤和正面的波浪線條。

5. 用鉛筆描畫蕾絲邊上的小點。

6. 上色後用疊色法再畫出蕾絲邊上的小點。

◎ 書本

 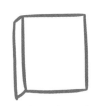   

1. 畫長方形。　2. 左邊畫出書背的厚度。　3. 下面畫表現厚度的線條。　4. 畫封面圖案。　5. 上色並寫上書名。

◎ 女生學生帽

1. 畫半圓形。

2. 加帽沿。

3. 畫固定用方格和縫線。

4. 上色。

◎ 男生學生帽

1. 先畫扁扁的帽沿。

2. 畫帽子的上半部。

3. 帽頂畫一個小圓。

4. 畫固定用方格和縫線。

5. 上色。

下午茶茶具和點心

● 茶杯

1. 畫橢圓形杯口。

2. 往下畫出杯子外形。

3. 用鉛筆描畫圖案。

4. 上色後用疊色法畫出圖案。

● 茶壺

1. 畫蓋子。

2. 畫出壺嘴。

3. 往下畫出瓶身。

4. 畫外圈把手。

5. 畫內圈把手。

6. 壺嘴上畫出水口,再用鉛筆描畫圖案。

7. 上色後用疊色法畫出圖案。

切片乳酪蛋糕

1. 畫三角形。

2. 畫出立體三角形。

3. 下面畫盤子。

4. 畫蛋糕上的線條。

5. 上色。

杯子蛋糕

1. 畫個小橢圓形。

2. 往下畫奶油。

3. 畫巧克力糖霜。

4. 畫杯子外形。

5. 畫杯子蛋糕的
   完整外形。

6. 畫杯子上的線條。

7. 上色。

盆栽和園藝工具

◎ 小花樹

1. 畫圓圓的樹叢。　　　2. 加上樹幹。　　　3. 畫出花盆。

4. 樹叢內畫幾朵　　　5. 花朵附近畫一些表　　　6. 上色。
　　小花。　　　　　　　現樹葉的線條。

● 大葉盆栽

1. 畫一個長方形。　2. 往下畫出花盆外形。　3. 畫一片葉子。　4. 後面再加一片葉子。

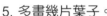  

5. 多畫幾片葉子。　6. 畫葉子上的線條。　7. 上色。

● 園藝工具

1. 畫一個小長方形。　2. 往下畫出把手。　3. 畫鐵柄。　4. 畫鏟子外形。　5. 上色。

1. 畫一個小長方形。　2. 往下畫出把手。　3. 畫鐵柄。　4. 畫耙子外形。　5. 上色。

心愛玩具排排站

每一件都是寶貝！

● 皮球

1. 畫圓形。　　2. 畫曲線。　　3. 再畫一條曲線。　　4. 上色。

● 洋娃娃

1. 畫圓形。　　2. 畫頭髮和五官。　　3. 畫上半身。

4. 畫裙子。　　5. 畫腳和鞋子。　　6. 加上手。

7. 畫波浪狀的帽子。　　8. 用鉛筆描畫瀏海和裙子的線條。　　9. 上色後用疊色法畫瀏海和裙子的線條。

● 小汽車

1. 畫車頂。

2. 畫車頭、車尾。

3. 畫輪子。

4. 加兩扇車窗。

5. 畫車燈。

6. 畫車身和前窗上
的線條。

7. 上色。

你最喜歡哪個
玩具呢？

● 小豬撲滿

1. 畫出豬的外形。

2. 畫小小的腳。

3. 加上耳朵。

4 畫小豬的五官。

5. 畫投幣口。

6. 上色。

為造型加分的小物

希望每天都有新造型！

○ 蝴蝶結髮帶

1. 畫一個方形。

2. 畫出蝴蝶結外形和皺褶。

3. 按照娃娃人形的頭部寬度畫出髮帶。

4. 加固定用方格。

5. 上色並畫上花紋。

○ 花朵編織小帽

1. 沿著娃娃人形的頭部輪廓，畫出可以包住頭頂的帽子外形。

2. 畫花邊帽沿。

3. 加上滾邊線條。

4. 畫固定用方格以及花朵圖案。

5. 上色。

紳士領帶

1. 畫梯形領結。

2. 沿著第32頁男娃娃人形畫出脖子和肩膀的線條。

3. 畫上領子。

4. 向下畫出領帶。

5. 畫固定用方格，再用鉛筆描畫領帶條紋。

6. 上色後用疊色法畫上領帶條紋。

條紋和圓點點是領帶的「絕配」喔！

草編寬沿帽

1. 沿著娃娃人形的頭部輪廓，畫出可以包住頭頂的帽子外形。

2. 畫出大帽沿。

交錯的斜線可以呈現編織紋。

3. 畫固定用方格，再用鉛筆描畫編織紋。

4. 上色後用疊色法畫上淺色編織紋。

快樂滿載的野餐用具

晴天最適合野餐了！

○ 野餐籃

1. 先畫左邊的蓋子。

2. 加上提把。

3. 再畫右邊的蓋子。

4. 蓋子下面畫上荷葉邊襯布。

5. 畫出完整的籃子外形。

6. 用鉛筆描畫提把和蓋子上的線條。

7. 用鉛筆描畫籃子上的編織線條。

野餐必備用品！

8. 上色後用疊色法再畫一次步驟6、7的線條。

○ 三明治

1. 畫三角形。　　　2. 側面畫出　　　3. 畫番茄、蛋和　　4. 上色。
　　　　　　　　　　　厚度。　　　　　　生菜的線條。

○ 保溫瓶

1. 畫橢圓形。　　　2. 畫出圓柱體　　　3. 畫連接環線條。
　　　　　　　　　　　的蓋子。

4. 往下畫出　　　　5. 用鉛筆描畫　　　6. 上色後用疊
　　圓柱體瓶　　　　　圖案和點綴　　　　　色法再畫一
　　身。　　　　　　　　的圓點。　　　　　　次圖案和點
　　　　　　　　　　　　　　　　　　　　　　綴的圓點。

○ 法國麵包

1. 畫長條麵包外形。

2. 畫出切痕。　　　　　　　　　3. 上色。

PART 7

紙娃娃
的歡樂聚會

晚安～睡衣派對！

睡衣也有多樣款式喔！

● 兩件式睡衣＆睡裙

● 可愛睡帽

 也可以塗成藍色。

1. 比照娃娃人形的頭部輪廓畫出帽沿。

2. 畫出帽子外形。

3. 畫固定用方格和帽頂的小毛球。

4. 上色。

◐ 粉紅點點睡衣

1. 沿著娃娃人形的輪廓描畫短袖上衣外形。

2. 往下描畫短褲外形。

3. 畫固定用方格。

4. 上色後用疊色法在上衣畫淺色圓點。

◑ 藍色點點睡裙

1. 沿著娃娃人形的輪廓描畫短袖裙裝外形。

2. 領口畫上蝴蝶結。

3. 畫固定用方格。

4. 上色後用疊色法畫上淺色圓點。

＊第33頁的好姊妹可以穿這件睡裙喔！

◐ 鬆軟枕頭

1. 畫有四個角的枕頭外形。

2. 側邊畫一個開口。

3. 上色後用疊色法畫上線條。

享受吧～度假時光！

快換上熱帶風度假裝！

○ 島嶼度假裝

○ 花朵包包頭髮型

＊第33頁的好姊妹可以戴這個包包頭喔！

1. 沿著娃娃人形的輪廓描畫瀏海線條。

2. 往上畫出頭頂，右邊留空隙。

3. 畫上花朵髮飾。

4. 頭頂畫包包頭外形。

5. 畫固定用方格和花蕊。

6. 上色。

◉ 熱帶風露肩洋裝

1. 沿著娃娃人形的輪廓描畫露肩上衣外形。

2. 往下畫出短裙外形。

3. 胸口畫上荷葉邊裝飾。

＊第33頁的好姊妹可以穿這件洋裝喔！

6. 上色。

4. 描繪植物圖案。

5. 畫固定用方格，荷葉邊上畫出摺痕。

◉ 海洋風連身褲裝

1. 沿著娃娃人形的輪廓描畫露肩上衣外形。

2. 往下描畫長褲外形。

3. 胸口畫上荷葉邊裝飾。

6. 上色。

4. 描繪植物圖案。

5. 畫固定用方格，荷葉邊上畫出摺痕。

☾ 太陽眼鏡＋捲髮造型

1. 沿著娃娃人形的輪廓描畫頭頂。

2. 往下畫捲髮外形。

3. 畫內側捲髮。

6. 上色。

4. 畫太陽眼鏡外形。

5. 畫固定用方格和眼鏡框線。

感受到海洋氣息了嗎？

☾ 男朋友的夏威夷衫＋短褲

1. 沿著第32頁娃娃人形的輪廓描畫Ｖ領短袖上衣。

2. 畫領子和下襬。

3. 往下描畫短褲外形。

4. 畫上熱帶花卉圖案。

5. 畫固定用方格和褲子口袋。

6. 上色。

＊第32頁或33頁的男朋友，可以穿這套衣服喔！

衝浪板

1. 畫衝浪板尖
   尖的部分。

2. 畫出衝浪板
   完整外形。

3. 畫裝飾線條。

4. 上色。

衝浪好刺激呀！

試畫不同顏色
和花紋。

好期待～浪漫約會！

約會時當然要精心打扮囉！

○ 夏季約會情侶裝

○ 男朋友休閒裝

1. 沿著第32頁娃娃人形的輪廓描畫衣領。

2. 描畫背心外形。

3. 描畫有反摺袖口的長袖外形。

4. 往下描畫長褲外形。

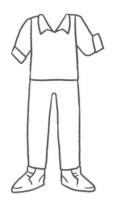

5. 描畫鞋子外形。　　6. 畫鞋子的細節。

7. 畫袖口和胸口的
　 花紋並加上固定
　 用方格。

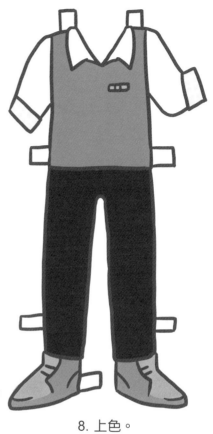

＊第32頁或33頁的
　男朋友，可以穿
　這套衣服喔！

8. 上色。

● 長揹帶包包

黃色部分請
挖空剪掉。

1. 畫一個菱形。　2. 畫出包包側　3. 畫出揹帶　4. 畫包包上　5. 上色。
　　　　　　　　　 面厚度和揹　　 寬度。　　　 層厚度和
　　　　　　　　　 帶線條。　　　　　　　　　 鎖釦。

107

❂ 粉紅海軍風洋裝

1. 沿著娃娃人形的輪廓描畫無袖上衣外形。

2. 往下畫出蓬裙外形。

3. 畫領子。

4. 用鉛筆描畫領子和裙襬上的花紋。

5. 加固定用方格。

6. 上色後用疊色法畫上花紋和釦子。

❂ 低跟皮鞋

1. 描畫包住腳的低跟鞋外形。

2. 畫鞋底線條。

3. 畫鞋面條紋和固定用方格。

4. 上色。

女朋友帽子的畫法請參考第45頁！

幫紙娃娃找個家吧！

如何收納和保存紙娃娃？

你已經有了好幾個自己畫的紙娃娃，也幫他們畫了各式各樣的服裝和配件，現在，我們還要來幫他們找一個家，把辛苦做出來的紙娃娃和衣服、雜貨收藏起來！

1. 找一個空盒。鞋盒、喜餅鐵盒或其他包裝盒都可以。

2. 用白紙製作漂亮的標籤。

3. 如果不喜歡紙盒原有的圖案，可以用漂亮的包裝紙包起來。

4. 衣服和配件也可以分別收藏在不同的盒子。

5. 把娃娃和服裝、配件等裝進去就好囉！

PART 8

紙娃娃
的開心樂園

帶紙娃娃逛公園

○ **綠色公園** 畫公園時，要準備一張可以放入兩、三個紙娃娃的白紙。

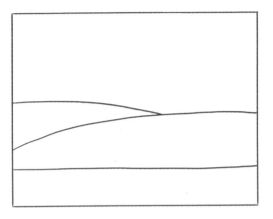

1. 用線條畫出道路和兩座小草丘。

公園很適合野餐喔！

2. 右邊畫一棵樹和矮樹叢。

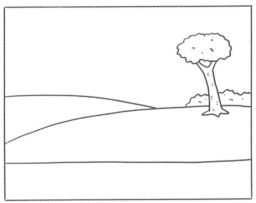

3. 左下角畫一張公園椅和垃圾桶。

你也可以試試畫不同造型的垃圾桶。

4. 左邊再畫上三角形
   的樹和矮樹叢。

背景不需要畫太多東西，
因為要留一些空間給娃娃
和寵物。

5. 加上雲朵和小太陽，草丘
   上畫幾朵花和草。

圖上的草和葉子可以在上
色完成後用疊色法來畫。

6. 上色後，娃娃就可以
   進去玩囉！

放進圖畫裡

翻到下一頁就是一幅公園的完成圖，
你也可以直接帶娃娃去玩喔！
將娃娃和寵物放上去，再幫他們拍張
照片，留下美好的回憶吧！

帶紙娃娃到海邊

畫出美麗的沙灘吧！

○ 豔陽沙灘

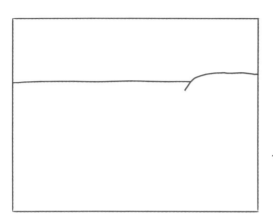

奔向大海囉！

1. 畫海平面和小島
   上半部線條。

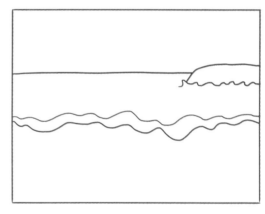

2. 畫上海浪線條。

3. 小島上畫兩棵椰
   子樹和矮樹叢。

◎ 畫椰子樹的步驟

1　　　2　　　3　　　4　　　5

夏天就是要
去海邊玩。

4. 海平面上畫出
太陽和雲。

5. 用鉛筆描畫海面上的波紋，以及沙灘的沙子、小島的草地。

上色完成後再用疊色法畫出步驟5的細節。

幫我在海灘
拍張照吧！

6. 上色。

放進圖畫裡

海灘上的小可愛

海灘上會遇見什麼呢？

○ 海鷗

1. 先畫身體。

2. 加上翅膀。

3. 畫嘴和眼睛。

4. 畫另一邊的翅膀。

5. 畫鳥爪。

6. 畫翅膀和尾巴特徵。

7. 上色。

○ 海星

還可以畫出繽紛色彩。

1. 畫一個星形。

2. 用鉛筆描畫圓點。

3. 上色後再用疊色法畫出圓點。

形形色色的貝殼

一起到下一頁去拍張海灘照囉！

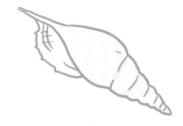

汪！汪！

小螃蟹

1. 畫身體。

2. 加上眼睛和嘴巴。

3. 畫大螯。

4. 兩邊各畫兩隻腳。

5. 兩邊的下面再畫兩隻腳。

6. 用鉛筆描畫身體和腳的線條。

7. 上色後再用疊色法畫身體和腳的線條。

帶娃娃去更多地方

發揮想像就能畫出更多樂園。

你還想帶著紙娃娃去什麼地方？想去環遊世界嗎？請自由發揮創意，畫出夢想中的場景吧！

◎ 歐式庭園

◎ 溫馨咖啡館

DOLLY Café

◎ 舒適客廳

圖的大小要配合娃娃的尺寸喔！

◎ 甜美臥房

◎ 湖畔步道

地中海小鎮

◎ 京城街道

文房才藝教室 / 創意手繪
我也會畫紙娃娃

作　者：日光路
負責人：楊玉清
副總編輯：黃正勇
編　輯：許齡允、陳惠萍
美術設計：小萬

出　版：文房(香港)出版公司
2018年3月初版一刷
定　價：HK$68
ISBN：978-988-8483-25-9

總代理：蘋果樹圖書公司
地　址：香港九龍油塘草園街4號
　　　　華順工業大廈5樓D室
電　話：(852) 3105 0250
傳　真：(852) 3105 0253
電　郵：appletree@wtt-mail.com

發　行：香港聯合書刊物流有限公司
地　址：香港新界大埔汀麗路36號
　　　　中華商務印刷大廈3樓
電　話：(852) 2150 2100
傳　真：(852) 2407 3062
電　郵：info@suplogistics.com.hk

Hat

Blouse

Gown

Wig

Skirt

Socks

*你也可以直接剪下這頁的
人形、衣服和配件，馬上
體驗玩紙娃娃的樂趣喔！

Bag

Dress

Shoes

Navy dress

Doll